अरिष्ट पत्रम

(काव्य संग्रह)

वन्दना शर्मा

प्रखर गूँज प्रकाशन

प्रखर गूँज

दिल्ली-110089, (भारत)

संस्करण : 2019
ISBN : 978-81-940938-6-2

प्रखर गूँज साहित्य प्रकाशन संस्था
एच -3/2, सेक्टर-18, रोहिणी, दिल्ली-110089
दूरभाष : **011-27851059, 7982710571, 7838505899**

पहला संस्करण : 2019

शब्द संयोजन : नीलू सिन्हा

आवरण : दुर्गाप्रसाद

अरिष्ट पत्रम
By Vandana Sharma

Published by
PRAKHAR GOONJ PRAKASHAN
Delhi – 110089
E-mail : prakhargoonj@gmail.com
sinha.neelu123@gmail.com
011-27851059, 7982710571, 7838505899

क्रम तालिका

'दो शब्द'

बचपन से दो शब्द सुनकर बड़ी हुई थी कि कम बोलो और मीठा बोलो, पर मैं माँ सरस्वती का तहे दिल से शुक्रिया अदा करती हूँ, कि उन्होने मुझे ये दोनों ही आदतें नहीं दी ।

क्योंकि मीठी वस्तुओं के पास चींटियों का खतरा होता है पर कड़वे नीम के पास केवल रोगी ही आ सकता है।

और आज वक्त की माँग को देखते हुए मिठाई नहीं नीम के पत्तों की ही आवश्यकता है। इसलिए मैं अपने अरिष्ट पत्र आपकी सेवा में प्रस्तुत कर रही हूँ। अपनी यह पुस्तक मैं देश को समर्पित करना चाहती हूँ जाते जाते आपसे यही कहना चाहूँगी-

जीत पर फूलो नहीं, हार कर बैठो नहीं।
शिखर तो उन्ही का हुआ है दोस्तों,
आराम जिनकी रगों में नहीं।।

मूँछे (एक)

मूँछे मर्दो की शान थी
जो आप कटवा दी
बस तब से ही रब ने इन्हें
हमारे खाते में रख दी।
परन्तु जब से औरतो ने पार्लर
जाना क्या शुरू किया।
किस-किस को बताऊँ कि ये
बच्चे-बच्चे के आ गई

पति (दो)

सब लोग कह रहें हैं
कि बाबा ये झूठ है।
बाहर है देवता, तो भीतर
फरेब है।
पर ग्रंथ कह रहे है सभी
बात बस यही
पति के सिवाय जग में
कोई देवता नहीं

परिवर्तन (तीन)

वही घंटे हैं मंन्दिर के
वही आजान मस्जिद की
वही है धाम वृन्दावन
वही दरगाह ख्वाजा की
यहाँ पर कुछ नही बदला

वही नदिया वही दरिया।
अगर कुछ बदला है, जग मे
तो हम तुम यार बदले है

आदमी (चार)

आदमी तो बेचारा एक जीव होता है
यह पालतू पर बड़ा वफादार होता है
अपने घरो मे माँस का टुकड़ा मत डालिएगा साहिब
वरना कुत्ता है, भूखा है, झपट पड़ता है

फिगर (पाँच)

माता की लोरी छीनी
दादी-नानी की कहानी छीनी
और इस फिगर के चक्कर मे
तुमने उससे, उसकी पूरी जिन्दगानी छीनी

करोड़ो-करोड़ो माँओ की गोदे तो हमने उजाड़ी है

एक समय
बस का साथ
छोड़ते ही
सहसा
मेरी नजर
एक भिखारी से
मुलाकात कर गई
उसने भी, मुझे
अत्यधिक प्यार से
निहारा
उसके चहरे पर
भी
गजब का तेज
बदन से हट्टा कट्टा
नौजवान
पर
रहने का हाल
भी
खस्ताहाल
सहसा
मेरे नजदीक आकर
बड़े अदब से
सिर
झुकाते हुए
बोला।

मैडम जी
भगवान के नाम पर
कुछ दो।

मैने पूछा
क्या?
उसने उत्तर दिया
केवल
दो रुपये।
उसके
धीर-वीर गम्भीर
शब्दों को सुनकर
मुझसे,
रहा नही गया
और
पूछ बैठी
कि
क्या तुझे माँगने
में लाज नही
आती
कटोरा लिए
खड़ा है
हट्टा-कट्टा नौजवान है।
हाथ पाँव भी
सलामत है
फिर कुछ करता क्यों नहीं?

मेरे इस कटु
प्रश्न
को सुन
वो बोला कि ये मत
कहिएगा
मुझे
शरम नही।
अगर
ऐसा होता

तो
दो नही माँगता
आपको पता है।
माँगने मे
दाव पर
लगता है
स्वाभिमान
अगर हिम्मत
हो
तो
माँगकर
देखिए।
वो बोला
याचना करने मे
खोना पड़ता
आत्म सम्मान
गिड़गिड़ाना पडता है
गली-गली चौराहों पर
तब कही जाकर
नसीब होता है
एक वक्त का खाना।
कई बार तो
सोना पड़ता है
भूखा
आगे से फिर
कभी
किसी भिखारी को
मत
कहिएगा।
कि
वो बिना मेहनत के
खाता है

पर, सच तो ये है,
कि, क्या
इन कामो मे कम
मेहनत लगती है?
अरे
लाज तो आपको
आनी चाहिए
जो मुझ गरीब को
देने से
करती है इनकार
पर मुझे
ये तो बताइए
कि
अपने कोट-पेन्ट
वाले भिखारी
के साथ
कितने की डील
साइन कर आई हैं
अरे मेरी हालत तो
देखिए
पाँव मे न तो जूती है
और
न है, बदन पर अच्छा
कपड़ा
हाथो मे है, तो सिर्फ
एक
कटोरा
भिखारी हुआ तो क्या?
पक्का
ईमानदार हूँ
और उन्हें देखिए
जो

कोट-पेन्ट पहनते है
बड़ी-बड़ी
कोठियों मे रहते हैं
शरीफ घर के
जान पड़ते हैं।

हाथों में कटोरा भी
नहीं है।
पर
खुले आम तो नही
माँगते हैं।
पूरे
दो लाख,
और
आप जैसे लोग
उनकी झोली
में
मुँह माँगा डालते है।
आप जैसे लोगो ने ही
देश को
बदहाल बनाया
है
मुझ गरीब को
तरसाया है
और
अमीर भिखारी जो लूटते हैं,
खुले आम
कर दिया है,
उसे
जीवन समर्पित।
असल मे
आप जैसे लोग

जिम्मेदार हैं।
उन
करोड़ो हत्याओं के
जो
इन जल्लादो ने
की है।
आपका
हाथ है,
उन
करोड़ो बच्चों
के अनाथ होने में
अरे।
मुझे अगर दे
भी दिए,
तो
कुछ नहीं
बिगड़ेगा।
बदले मे मिलेगी,
ढेर सारी
दुआएँ।

किन्तु
इन भिखारियों
की
माँग को कभी
मत
भरियेगा।

वरना
घर तो क्या
पूरा संसार
खाली हो जाएगा।

आज मैंने पहली
बार
अपने मानस के
दीप
को जलाया,
चिंतन किया
तो
पाया
आखिर
गलत क्या कहा
उस भिखारी ने
सच ही तो है,
कि
दे देकर हमने ही
तो
इनकी आदतें बिगाड़ी है।

इन जल्लादों ने नहीं
दोस्तों। करोड़ो-करोड़ो
माँओं की गोदें
तो
हमने उजाड़ी है।

मेरे देश की सड़कें

मेरे देश की सड़कें
पुरानी उस फटी चादर
के समान है
जिसका
गड्ढा
बार-बार भर
दिया जाता है।

पर क्या?
थेगडा तो थेगडा
होता है।
दो-चार दिन
चलता है
और वापस
गड्ढा हो जाता है।

एक दिन
किसी ने श्रद्धा भाव
से सवाल किया।

कि
आखिर कब तक
थेगडा लगा कर
यूँ ही
काम
चलाती रहेंगी।
कोई
नया क्यो नहीं
खरीद लेती।
पर

मैं भी क्या
कोई
कम बड़ी
उस्ताद थी।

अपनी श्वासों को
खीचतें हुए
गम्भीर भाव से
बोली।

कि
बेवकूफी भरी
बाते
मत करो।

पैसा जितना
हो सके
उतना
बचाओ।

और सदैव
निन्नानवे के फेर
में पड़े
रहो।

पाँच रु. का
बजट
मिला था
चादर के लिए।
पर

दुनिया के लिए
केवल
शो ही काफी है।
इसीलिए
पचास का ही काफी
है।

फिर आखिर
चादर तो चादर है
पचास का क्या?
पाँच सौ का क्या?

और वैसे भी
आते - आते
दो सौ तो चोरी
हो गये।

हमारे पास तो
महज
तीन सौ ही बचे है

और भाई इसी पैसे से तो अपुन
रईस होता है।

और वैसे भी
पाँच साल
बाद
नबाब मेहमान
आएँगे

तो
सारे गड्ढे पुनः

भर दिए जाएँगे।

कही को थेगडा
नजर
नही आएगा।

पर आखिर
थेगडा तो थेगडा है
चार दिनो की चाँदनी है
फिर अँधेरी रात में
तब्दील
हो जाता है।

आईना

एक रोज आईना
मुझ से
ये कहता है।

गर्व से
वह
स्वयं पर
अकड़ता है।

कि मैं
दुनिया में सुन्दरता
कि खान है।
जीता-जागता संत का
पर्याय हूँ।

मैने भी
उत्सुकता से
पूछ ही लिया
कैसे?

उसने गर्वोन्नत
होकर उत्तर
दिया।

मैं लोगो को
उनके चेहरे की
दिखाता हूँ
सच्चाई
उजागर

करता हूँ दाग
धब्बे

ताकि वह
बना सके
अपने चेहरे
को
और भी
सुन्दर।

इसके अतिरिक्त
मैं
लोगो की साज-सज्जा
बढ़ाने में
भरपूर योगदान देता हूँ।

मैने उससे कहा
कि
यदि तुम
वास्तव मे
दर्पण हो
गंदगी को साफ
करने का
साधन हो

जीता जागता
संत का पर्याय हो
तो
लोगो की सूरत नही
सीरत
साफ करके दिखाओ।

अरे मक्कार।
अपने पर
अकड़ते
हो
लम्बी लम्बी हाँकते
हो।

पर भारत माँ भी
छटपटाती है
आज
राक्षसों के
अत्याचारों से।
आज भी करते हैं
सौदा
जाने कितने
जालिम।

अरे! तुम उस दिन
प्राप्त कर लोगे
अधिकार
दर्पण
कहलाने का।

जिस दिन
इस देश के
सोए हुए
कुंभकर्णो के
अन्दर
भरे हुए कचरे
के
ढ़ेर को कर

दोगे
साफ

और बना पाओगे
इस देश को
सुन्दर स्वच्छ।

अरे। तुम
उस दिन
कहलाओगे
दर्पण-दर्पण

मै सभ्य नहीं हूँ

मै सभ्य नही हूँ
बेबस हूँ, लाचार हूँ
किस्मत का मारा हूँ

मनुष्यों के मध्य से
निकला हुआ कचरा हूँ
क्योंकि
असभ्य हूँ।

तन पर नहीं है
अच्छे वस्त्र
न ही लगा पाते हैं
अच्छा खुशबूदार तेल
शायद इसीलिए
मैं, असभ्य
हूँ

दिन-रात खेतों में
काम करता
हूँ
तब कही कर
पाता हूँ
भोजन
एक ही समय
बिना सब्जी के
इसी लिए शायद
मैं असभ्य हूँ

मेरे शरीर से
आती है

बू
सदैव पसीने की,
कपड़े लिपटे
हुए हैं,
सदैव
कीचड़ से शायद
इसी लिए
मैं सभ्य नहीं हूँ

जेब मे नहीं है
पैसे चार
बच्चों के पास
नहीं है महंगे
खिलौने
और कपड़े
पत्नी
के पास रखी
है, दो बेजान
साड़ियाँ
शायद इसीलिए
में सभ्य नही
हूँ

मै सभ्य नही हूँ
क्योंकी,
मेरा
बच्चा जाता है पढ़ने
सरकारी
स्कूल में

और
बीमार पड़ने पर

जाते है
सरकारी
अस्पताल
शायद
इसी लिए मैं सभ्य
नही हूँ

करता हूँ, समझौता
हर -पल
खुशियों के साथ
इसी लिए
मै सभ्य नहीं हूँ
आप सभ्य हैं
क्योंकि
भरी हुई है
आपकी तिजोरी
पूर्ण रूपेण

आपके पास
रखी हुई है
सुखोपभोग की
सभी वस्तुएँ,
शायद इसी लिए आप
सभ्य हैं

आप सदैव मुझसे
मेरी
असभ्यता के कारण
कतराते
हैं
दूर भागते हैं,
हमारी दुनिया

से
क्योंकि
मै असभ्य हूँ

पर महाशय
आप
इतना तो मानते हैं
कि
खाली होती है,
जब
आपके घर की कोठी
या
रिक्त हो आपके
घर की तिज़ोरी

तो आप
चले आते है
बेझिझक
इस असभ्यता की
निरीह निशानी
के पास

या जरूरत
पड़ जाए
किसी
मजदूर की,
बनाना हो
जब
कोई भवन
तो

चले आते हैं,
इस
असभ्यता की
निशानी
के पास
परन्तु
फिर भी
मैं
असभ्य हूँ

विकासशील भारत

कल तक, जो एक बीज था
बन चुका है
भरापूरा वृक्ष
दोस्तों
यह विकास नहीं तो क्या?

पहले सिखाया करता था
बाप
फर्क अच्छे और बुरे का
पर आज
सिखा देता है
बेटा
अपने बाप को
कि
अच्छा क्या व बुरा
क्या?
दोस्तों
यह विकास नही तो क्या?

ऑफिसों
में लगाने पड़ते हैं
चक्कर पर चक्कर
अमीर लोग
जो
डाल देते हैं
कुछ दाने
उनके सामने बैठ
जाते हैं दुम दबाकर

पर
जो नहीं दे पाते
रोटी के टुकडे उन्हें
दुत्कार दिया जाता है
कुत्ते की तरह
दोस्तों
यह विकास नहीं तो क्या?

एक रावण।
जिसने
छुआ था
दामन
जनक नन्दिनी सीता का,
मारा गया
तत्काल
मनाया गया दशहरा
पर
करोड़ो रावण
घूम रहे हैं,
बेझिझक
भयंकर अपराध करके
जिन स्वप्नों को लेकर
रखी गई थी
नींव
भारत की आज़ादी की
हो गये हैं
सब बेकार

सो रहा है
गरीब फुटपाथ पर
नहीं मिल पा रहा

वन्दना शर्मा

उन्हें
दो वक्त का खाना
दोस्तों

बढ़ रहा है
प्रदूषण
दिनो-दिन
और भी ज्यादा
समा जाएगा
नदियों में
दुनिया भर का
अपशिष्ट
दोस्तों

बदलते वक्त के
साथ
बदल गई है
विकास की
परिभाषा
फुटपाथ पर सो
रही है
कई जाने
खतरे मे हैं
जान और माल

बहु-बेटियों की
बढ़ रही है
मँहगाई
दिनों दिन

टूट गए है
गाँधी के सपने

भगत सिंह के अरमान
जिन्हें
लेकर चूमा था
उसने
फाँसी के फन्दे को

फिर भी
भारत
अग्रसर हो रहा है
निरन्तर
विकास के पथ पर

दोस्तों
यह विकास नहीं
तो क्या

माता का आँचल

बाँट दिया गया है
जाने कितनी बार
तेरा
ये आँचल
पुरानी
किसी फटी हुई
चादर के समान।

देखे हैं इसने
कई दौर
जिन्दगी के
खाए हैं
जिन्दगी के
जाने कितने
थपेड़े

साक्षी है तू
कई खुशियाँ
तो
कई गमों का

खुशी में लहरा उठा
तो
दुख मे रो पड़ा
किसी
बेबस गूँगे की
तरह

थके हुए पिता जी

जब
कभी घर आते थे
घर पर
लहरा कर
भर देता था
उनकी रगों में
सुकून

तो कभी
बिजली चले जाने
पर
गर्मी से दिलाता
था
निजात

कई बार
किसी
कुएँ के पाट पर
छाना होगा
इसने
शीतल जल को
तथा
वो छोटी सी
गठान
जो
लगी है, इसके
कोने पर

लगाई होगी
माँ के द्वारा
कुछ

याद रखने के
लिए।
दर्द से सिसकते
हुए
कई बार दुनिया
से छिपकर
पोछें होंगे उसने
अपने
कीमती अश्रुबिन्दु

या चोट लगने
पर
किसी अपने या
पराये के
दर्द का किया
होगा
निवारण
द्रौपदी की
तरह
आँचल से थोड़ा
सा चीर
फाड़कर
सबके
दर्दों को हरता गया
पर
हाय रे। नसीब
होता गया तेरा
हर बार विभाजन

दो भाइयों के बीच
ज़मीन के टुकड़ो के लिए

तू बाँटता रहा
हर गली और
चौराहों पर
बार-बार हर बार
पर
फिर भी
ये मानव
करता रहा
अतिक्रमण
सीमाओं का

करता रहा मारकाट
पर
हाय। तू इतना
बेबस
कि सिर्फ रो
सकता है
कुछ कह नही सकता
कुछ कर नही सकता

अनुभव है तुझे
सदियों की
हवाओं का
देखें है, तूने
कई दौर
जिन्दगी के

कई खुशियाँ तो कई गमों
का साक्षी रहा है, तू
कई बार बँटा है तू
हर बार रोया है, तू
पर फिर भी ना जाने क्यों
खामोश है तू

संयुक्त परिवार

एक दिन एक महिला
बाजार गयी
वहाँ अचानक
उसकी नजरें
एक
विज्ञापन से मुलाकात
कर गयी।

जिसमें
लिखा था साफ-साफ
बड़े-बडे अक्षरों में
समस्या बताइए,
और
तुरंत समाधान
पाइए।

घिरे हैं आप
किसी
समस्या से या
आपके अपने नहीं
दे रहे हैं
आपका साथ

सौतन से छुटकारा
पति को वश में
करना
या सभी प्रकार
की भय व आशंकाओं
से छुटकारा चाहते हैं,
तो

देर किस बात की
उठाइये फोन
और
तुरंत डायल कीजिए
0999..........

महिला ने भी
ना आव देखा ना
ताव
तुरंत मोबाइल निकाला
और
डायल किया।

घंटी बजी,
फोन
ज्योतिष गुरू
ने उठाया
नमस्कार, आदाब
संस्कृति व सभ्यता
का परिचय देते हुए
अत्यन्त विनम्रता पूर्वक
महिला से प्रश्न किया
कि
समस्या बताइए।

महिला ने भी
अत्यन्त उत्सुकता पूर्वक
कहा।
गुरूजी। मैं एक
संयुक्त परिवार
में रहती हूँ

कृपा करें, और बताइये
कि
हम अलग कब होंगे।

गुरूजी ने भी
समस्या पर दृष्टि
डालते हुए
कहा,
मैडम जी।
समस्या अति
गम्भीर है,
प्रश्न बड़ा संगीन है।

अच्छा
आप ये बताइये,
कि
आपके परिवार में
कौन-कौन
रहते हैं।

महिला ने भी
तत्काल
उत्तर दिया,
मैं, मेरे पति
व मेरे सास -ससुर
और
मेरे बच्चे।

ज्योतिष गुरू
उत्तर सुनकर
हँसे
और बोले।

मैडम जी।
आपका प्रश्न आपके
स्वभाव का आईना है।

बस यही है
आपका
संयुक्त परिवार
जी नही।
ये संयुक्त परिवार
नहीं
वरन आपका परिवार
है।

क्या?
आज से दस वर्ष उपरान्त
आप पुनः फोन
करेंगी
और ये पूछेंगी

कि
हम अलग कब
होगें
तो क्या
उस दिन
बच्चे भी आपके
संयुक्त परिवार
का
अंग हो जाएँगे।

आपके लिए
परिवार
की परिभाषा क्या है

पति पत्नी और बच्चे !
धन्य है आधुनिक भारत की नारी
धन्य है इसकी शक्ति
जो
इतना भी नहीं जानती
कि
बिना जड़ों के नहीं होता
पेड़ का कोई अस्तित्व

बिना ड़ालियो के
वृक्ष
केवल एक ठूँठ
ही
कहलाता है।

हिन्दुस्तान की वास्तविक जनसंख्या के आँकड़े

एक दिन
किसी ने मुझसे
ये सवाल किया
कि
भारत में कितनी
जनसंख्या
निवास करती है?
मैने कहा
ज्यादा नहीं
करीब एक लाख

जैसे ही उसने
उत्तर को सुना
तो
एक दम
सकते मे आ गया।

और पूछ बैठा
कैसे
हमारे देश की
आबादी तो
करोड़ो के भी
पार है।

मैने कहा कि वो तो
बस देखने के लिए है
असल मे जिन्दा

तो बस इतने ही हैं
बाकी तो सभी
मुर्दा हैं।

दरअसल
ये सच
मुझे भी उसी दिन
ज्ञात हुआ
जिस दिन सड़क
पर एक
हादसा हुआ

बीच सड़क पर
पुकार रही थी
एक अबला
मदद के लिए
खोज रही थी
घनी भीड़ के जंगल
मे बस एक इन्सान
को

पर हाय रे। नसीब
कहाँ थे यहाँ कई
इन्सान
खड़े थे सभी
तमाशबीन
जो बजा गये
कुछ तालियाँ

और देकर चले गये
अपनी-अपनी

राय

दरअसल
सड़कें गली या चौराहें
आ जाते हैं
किसी हादसे की चपेट में
तो
पुकारती है
प्रकृति
मदद के लिए बार-बार

कराहती है
दर्द से अनगिनत
बार
पर बेचारी भूल जाती है
कि
यहाँ इन्सान कहाँ
मुर्दे खड़े हैं

और मुर्दो के आगे
आँसु बहाना
होता है
बेकार
क्योंकि
इनकी आत्मा जा चुकी है
शरीर के उस पार
किसी
सुनसान लोक में

पर धन्य है
हिन्दुस्तान

जहाँ के मुर्दे भी
रखते है, अपनी

एक अलग
पहचान।

माना ये मुर्दे
सोच नही सकते
समझ नही सकते
पर
इन मुर्दो की
सबसे बड़ी
खासियत है
कि
ये तलियाँ बजाना
जानते हैं

इसी लिए
सच मे ये मुर्दे
प्रणम्य
है।
और उच्च कोटि का
स्थान पाते हैं
एक मुर्दे से
पूछा गया
कि
भाई। तुम्हारे तालियाँ
बजाने का कुछ
कारण बताओ

उसने भी
बड़े प्रेमभाव से उत्तर दिया

कि
पता नही
कारण
पास वाले
से
पूछो।

वाह रे। हिन्दुस्तान
के मुर्दो
तुम्हें नमस्कार है
तुम्हारी
इस अतुलनीय वीरता
पर पुरस्कार है

तुम्हें देखकर
भगत सिह
स्वयं पर
हँसते होंगे।

सुभाष चन्द्र बोस
अपने पर शर्मिन्दा होंगे,
महात्मा गाँधी भी दूर
किसी एकान्त कोने
मे बैठकर
रोते होंगे
और
स्वयं को कोसते
होंगे

कि
हाय रे विधाता
हमसे ये कैसा

जघन्य
अपराध हो
गया

कि अपने
इस
चमन से प्यारे
वतन
को
हमने इन्सानों
के नहीं
मुर्दो के हाथों
मे सौंप
दिया।

गाँधी की तस्वीर और प्रजातंत्र

एक रात
मैने
विचित्र सा
स्वप्न देखा
जिसमे
बापू जी खादी
पहने हुए
और
हाथ मे
छड़ी लिए
खड़े थे

उनके आगे
बैठे थे, तीन
बन्दर
जिन्होंने
क्रःमश।
आँख कान व
मुँह पर
रखे थे
अपने हाथ।

छड़ी को देख मैं
कुछ चौकी
और
स्वप्न का आशय
ना समझ
सकी

करती भी क्या
अज्ञानी, जो
थी

पर
तस्वीर का
रहस्य
जानने को
उत्सुक थी।

इसी लिए
कुछ दबे हुए
शब्दों में
मैं
बापू जी से ही
पूछ बैठी
कि
बापूजी यह कैसी तस्वीर

कुछ सोचने के बाद
बड़े ही दर्द भरे
स्वर मे
बापू जी ने
उत्तर दिया

कि बेटी यह विचित्र
सा चित्र
प्रजातंत्र
का है
जो

एक संदेश देना
चाहता है।

कि
जिसके तन पर
खादी होगी
छड़ी भी
उसी के हाथों में होगी

और रहा
इन तीन बन्दरों
का प्रश्न
तो
उसका भी देता हूँ
तुम्हें
ठीक-ठीक जबाब

दरअसल
इनके हाथ
मुँह कान और
आँख पर
इसीलिए
रखे हैं

क्योंकि ये
बताना चाहते हैं
कि
बुरा ना तो देखो न ही सुनो
और
अगर कही देख या

सुन
भी लो तो
बुरा बोलना तो बिल्कुल
भी नहीं।

यहाँ बुरे से मतलब है।
खादी के खिलाफ

यह प्रजातन्त्र है दोस्तों
यहाँ
आवश्यकता है ऐसे बंदरों
की
जो नाच सके
खादी के इशारे पर।

आवश्यकता
अन्धे गूँगे व
बहरों की

जो
गूँगे अगर इशारों
में भी बोल
पड़े
तो

खादी की छड़ी से
बेमौत
मार दिए जाएँगे।

मंदिरों में निःशुल्क नौटंकी

एक बाप से किया
उसके बेटे ने
सवाल
कि
पिताजी भगवान
कहाँ रहते
है?

बाप बोला
जा। मन्दिर में देख
आ।
बेटा अबोध
परन्तु
जिज्ञासु था
कहाँ
रुकने वाला था।

परन्तु गया
जाकर देखा तो
नहीं
मिला कोई
भगवान

पर
खड़ी थी एक
विशाल प्रतिमा।

जिसकी पँडित जी
उतार रहे थे आरती

पूरे
एक सौ इक्यावन
दियों से।

कोई भक्त
घंटा बजा रहा था
तो
कोई पंखा झल
रहा था।

एक महाशय ने तो
इतना गजब
कर दिया
कि पाँच सौ रुपये
तक
का प्रसाद चढ़ा दिया।

और किसी ने चढ़ाये
सोने चाँदी के
आभूषण।

वहाँ पर तो
कुछ समझ नहीं
आया
पर
घर आते ही पिता
ने पूछा
कि
दर्शन कर आए भगवान
के

बालक बोला कि
वहाँ भगवान तो
नहीं मिला
पर
वहाँ देखी थी
मैने एक
निःशुल्क सी
नौटंकी।

कि, जो व्यक्ति घंटो
से
घंटे बजा रहा था
उससे
एक बुढ़िया ने अपने
सिर का वजन
उतारने को कहा
तो
वह बोला, कि
समय नही
है

जिसने आरती की
वही
कुछ समय बाद
कसाई खाने
गया

जिसने प्रसाद चढ़ाया
उसी ने
भूख से तड़पते

किसी भिखारी
को
कुछ भी देने
से
कर दिया
इनकार।

जिसने पंखा झला
वही
नीचे सीढ़ियो से
उतर कर
अपने बाप
पर
झल्लाया।

जो रकम चढ़ा
रहा था
वो
अपनी माँ से
पैसे माँगनें
के
लिए लड़ रहा
है

और
पंडित जी ने स्वयं
तो
गजब ही कर दिया
कि
कुटिया मे जाते
कर दी
पत्नी की पिटाई।

पिता जी
मेरे लिए तो
सवाल
सवाल ही बना रहा
आखिर
समझ नही आया

कि
जो लोग
जीवित प्राणियो
के साथ
ऐराा सुलूक
करते है वही

आखिर
मन्दिरों में
घंटों
घंटे क्यों बजाते
हैं ?

उफ ! ये अदमी अपने,
ही हाथ क्यों काट रहा हैं

एक दिन
घर से निकलते
ही
दिखा
एक अचम्भा
वाह क्या नजारा था
एक आदमी
अपने एक
हाथ
मे खंजर लिए
दूसरे
को
काट रहा था।
पहले तो देख कर कुछ
समझ नही आया।
फिर सोचा
कि
शायद कोई पागल
है
या हो सकता है
कोई जादूगर।
क्योंकि
ऐसा अचम्भा जीवन
में
पहली बार देखा

देखकर रहा नहीं गया।
जाने लगी उसे रोकने
तो

हाथ पकड़कर
सहेली
ने मुझे रोक
दिया
कि रहने दो
क्यों
व्यर्थ के पंचड़े मे
पड़ती हो

पर
समस्या अति गम्भीर
थी
और स्त्री स्वभाव
कवि हृदय
पूछना
भी आवश्यक हो
गया था।

क्योंकि
नहीं पूछे तो
पेट दर्द

मुझसे रहा
नहीं गया
और
पास जाकर
बोली
कि चाचा जी
आप
स्वयं अपने ही हाथ
क्यों काट रहे हैं

आप
शक्ल से
पागल
भी तो नही
लगते तो फिर
ये पागलपन
क्यों

त्योरियाँ चढ़ाते हुए
उन्होंने
मुझे घूरा।

क्षण भर
ठहरकर
फिर कहा।

कि बिटिया बात
तो
समझ की करती हो
पर ये नहीं
देखती।

कि
दुनिया का हर आदमी
अपने ही हाथों
अपनी ही
भुजा को काट रहा है।

मै तो केवल
प्रतिमान
हूँ।

सुनना चाहती हो
तो सुनो।

तुम्हें ये लगता है
कि
मैं अपनी भुजा काट
रहा हूँ
पर
मेरे दर्द का अन्दाजा
तो
लगाओ।
मेरी आँखो से आँख
मिलाकर तो देखो।

अरी पगली !
मैं हिन्दुस्तान हूँ।
मुझे
आदत है ज़ख्म
सहने की।

क्योंकि मैं कितनी
ही बार
कटता रहा हूँ
बाँटता रहा हूँ।
हर बार
लहुलुहान होता हूँ

और
तुम्हें लगता है
मैं अपना हाथ काट रहा हूँ।

अरे नहीं !

ये दोनो भुजाएँ
मेरी औलाद हैं
एक हिन्दू
तो
एक मुसलमान है।

छोटी-छोटी बातों में
तनकर खड़ी हैं
एक दूसरे
पर।

एक खंजर
तो
एक बम लिए खड़ी है।

सोचो क्या मुझसे होकर जी पाओगे
अरे।
अपनी ही नज़रो में
गिर जाओगे

अरे ! याद करो
उस दिन को
जब
रावण मरण शैय्या
पर पड़ा था।

तब उसने
लक्ष्मण से भी
यही कहा था

कि
मैं हारा हारा हारा

क्योंकि
मुझे भाई ने
छला
वो जीत गया
क्योंकि
उसके भाई ने उसका
साथ दिया।

अरे ! मत लड़ो
आपस में
मत मरो
अपनो से।
अपने ही भाई से

मैं मानता हूँ
कि
तुम जवान हो
खून में भी
उबाल है
तो
इस बूढ़े बाप की
हिदायत है।

शौक है
लड़ने का
तो लड़ो
दुश्मन से।

मरना है
तो
मरो सरहद पर।

उस दिन
तुम्हारी
मौत का उत्सव
भी
महोत्स्व हो जाएगा

तुम्हे लेने
काल तो क्या
स्वयं
महाकाल चला आएगा।

खानदानी परम्परा

एक दिन
किसी घर
में घटित हुई
एक घटना।

बेटा अपने बाप
से बोला
कि
पिताजी अब आप
वृद्ध हो चुके है।
आपके
हाथों - पैरों ने भी
आपका साथ
छोड़ दिया है।

अब आप
बनकर रह गए हैं
घर में
बस एक फालतू
की चीज।

इसीलिए मैंने बुक
करवा दी है
आपके लिए वृद्धाश्रम
की एक
टिकट।

सुनते ही
आपकी
आँखे छलछला उठी

और जुबां ने साथ
छोड़ दिया।

लड़खड़ाते हुए बोला बेटा
ऐसा मत कर
मैंने
हथौड़ा ठोक ठोककर
किया है
तेरे
मुस्तिकबिल को
रोशन।

याद कर
उस दिन को
जब मुझे
तेरी माँ ने
पीठ पर
बैठाकर
घुमाया।

और
हमने अपना सब
कुछ तुझ पर
लुटाया।

बेटे ने सुनकर
कहा
कि आपने
मुझ पर कोई अहसान नहीं
किया।

जो आपने किया

वो
सब अपने बच्चों
के लिए
करते हैं
और
वैसे भी मैं तो
कोई नया काम
नहीं कर
रहा।

मैं तो वही परम्परा
निभा रहा
हूँ
जो आज ही
के दिन आपने बूढ़े
बाप को
घर से निकाल
कर
बनाई थी।

सात वर्ष का
नन्हा बालक
एकान्त कोने
में
खड़ा सब
सुन रहा था।

उसे देखकर
बेटा बोला।

अबे। तू यहाँ क्या
कर रहा है

जा
अपने कमरे मे
और
पढ़ाई कर।

छोटा बच्चा
कुछ
भावुकता पूर्ण
शब्दो में बोला।

कि
पिताजी मैं कुछ
गलत नहीं कर
रहा।

मैं तो अपने
खानदान की परम्परा
सीख रहा हूँ।

क्योकि आपके
बाद
फिर इस परम्परा
को
मुझे ही तो निभाना है।

माँ की दशा

एक दिन
एक विदेशी
बाजार में
एक गाय को
रस्सी से
थामे खड़ा था।

और
आवाज लगा रहा था
शायद
ये गाय को बेचना
चाहता था।

पर
जब उसे कोई
ग्राहक नहीं
मिला।
अन्त में एक
कसाई दिखा।

कसाई ने गाय
को देखकर
विदेशी से कहा
कि
भाई माल कितने
मे दोगे।

विदेशी ने गाय की
कीमत बता दी
एक हजार रुपये।

यह सारा घटना क्रम
मैं भी
देख रही थी
इसीलिए
मेरा अन्तस भर उठा।

और मैंने वहाँ जाकर
तुरन्त अपनी
पोटली से
एक सवाल निकाला।

और उस विदेशी
पर
मार दिया।

कि तुम्हें ऐसा कार्य
करने मे लज्जा
का
आभास नहीं होता

हम गाय को
माँ कहते हैं
और
तुमने उसी
माँ को मरने के लिए
भेज दिया।

मेरे प्रश्न को सुन
वो
विदेशी मन ही मन
मुस्कराया।
फिर मुझ से बोला

कि
मैं तो अभी-अभी
हिन्दुस्तान
में आकर बसा हूँ।

शायद इसीलिए
यहाँ के रीति
रिवाज तौर तरीके
नहीं जानता।
परन्तु
जब तुमने सवाल
कर ही दिया है
तो पहले
मेरे प्रश्न का उत्तर
दो।

कि मैं तो विदशी
हूँ
पर तुम सबने
मिलकर
इस देश का कैसा
हाल बनाया,
है।

अरे ! जिसे भी
तुमने
माँ कहा।

आज तुम्हारे ही
कारण
उसकी आँखो में
अश्रु हैं।

तुमने अपनी
जननी
को घर से निकाल
दिया।
गंगा को माँ कहा
तो
उसमें दुनिया भर
की
गन्दगी डाल दी

और
ये भारत भूमि
भी तुम्हारे अत्याचारों से
दुःखी है।

भारत के संस्कार
क्या
यही थे। जो की तुमने किए वे
सब इन्होने कब
तुमसे चाहे थे

और
मैं ये मानता हूँ।
कि मैंने गाय को
एक कसाई को बेचा।

तो मुझे ये तो
बताओं दोस्त
कि
क्या तुमने इस
मुल्क को
संतो को

सौंपा है।

बस
अब अपनी चुप्पी को
तोड़ो।
और मुझे मेरे प्रश्न
का उत्तर दो
कि
यहाँ पर बड़ा कसाई
कौन है?

मैं वो या तुम सब
बस
सुनकर मेरी जिह्वा
पर ताला पड़
गया

सच ही तो कहा है
उसने।

आखिर हमने ही तो
इसका अपमान
किया।
हम दूसरो से
क्या उम्मीद
करें।
क्योंकि सच में
हम ही आज
इन सब सवालो
के कारण है
और
हम ही निवारण

रावण ने बोलती बन्द कर दी

हर बार की तरह
इस बार भी
गये हम
रावण मारने।

हमे देखकर रावण
भी जोर-जोर
से हंसा।
मैंने कहा
बेवकूफ अब
तो मरने का समय
आ गया।

देखो तो
अब भी इसका
घमंड।
रावण बोला मैं तो
इसलिए हँस
रहा हूँ
क्योंकि
रावण को मारने
इस बार भगवान
राम नही
स्वयं
रावण आ गया।

मैंने गुस्से मे आकर
नीचे से एक बड़ा
भारी पत्थर
उठाया।

और कहा कि
तुम
इसी के लायक हो।
रावण और तेज हँसा
बोला
आखिर साबित कर
ही दिया ना,

मैंने कहा तू नहीं मानेगा
तो वो बोला
तू ही मान जा
क्योंकि
सच कड़वा होता है

अरे ! मैं तो खुद
ये किस्सा
यहीं समाप्त कर
देना चाहता हूँ।

पहली बार जब मरा
तो गर्व से
हँसा था
क्योंकि मुझे मारने
के लिए

भगवान विष्णु को
नर रूप में
चौदह वर्ष तपस्या
करनी पड़ी थी।

पर अब मैं
इसी लिए

हँसता हूँ
क्योंकि तुम
जैसे लोग ही
मुझे मरने
नहीं देते।

और प्रतिवर्ष
मेरा आकार
दो
इंच बड़ा देते
हो।

मन्त्री जी की देशभक्ति को सलाम

पाकिस्तानी हमले
के बाद
किसी मंत्री के अन्दर
जागी देशभक्ति।

बस देखते ही
देखते
उठा ली उन्होंने
भी शपथ।

बैग मे भरे
बहुत सारे
बम
और कूच
किया सरहद की
तरफ।

मंत्री जी को
सरहद पर
आते देख
मच गयी
खलबली।

और मजा तो
तब आया
साहब
जब मेजर
दौड़कर
आया।

और बोला
मंत्री जी आप !
मंत्री जी बोले
अब तुम से काम नही चल
रहा इसलिए
हम स्वयं आए

हम भी मारना
चाहते हैं
दुशमनों को
और
होना चाहते हैं
इतिहास में
अमर

और वैसे भी
ये चुनाव जीतने
के लिए हमारा
एक कदम है

मेजर बोला
पर
आदेश किजिए साहब
हमें करना क्या
है

मंत्री जी बोले अब आपको
कुछ नहीं करना
अब जो करेंगे
हम स्वयं
करेंगे

मेजर बोले मंत्री जी पर क्या?
मंत्री जी बोले बम फेकेंगे दुश्मन पर
मेजर ने कहा
मंत्री जी
बम फेकनें से
पहले आइये हम आपको बता दें
कि
बम कहाँ कैसे और
कितने फेकने है।

मंत्री जी बोले
अरे ! बेवकूफ
तू सिखाएगा
मुझे
कि बम कहाँ
और कितने
फेकने है।

अरे ! जितने बम
तेरे खानदान ने
मिलकर अभी
तक नहीं फोड़े
होगें
उतने तो मैने एक
दिन में फेके हैं।

जब राम भी हँसने लगे

एक दिन शहर में
एक रैली
को
देखकर
हमारे अन्दर भी
जाग गया
हिन्दुत्व।

बस फिर क्या था
हमने भी
कसम उठा ली
कि राम मन्दिर बनवाकर
चैन लेंगे।

और मजा
तो तब
आया जब भगवान
राम की
मूरत हँसने लगी।

हमने कहा कि
प्रभु क्या हुआ?
आप हंस क्यों
रहे हो।

भगवान बोले
कि
तू बनवाएगा मन्दिर।
हमने कहा
हाँ प्रभु

क्या आपको सन्देह है !

तो
भगवान बोले
कि
जो एक घर नहीं
बना पाया
कलयुग में
वो ही
जनाब मेरी
मन्दिर
बनवाएगें।

मैने कहा
प्रभु नहीं
आपको तो
मालूम है ना
कि
मै दो मंजिल
मकान में रहता हूँ

भगवान बोले
वो मकान है
घर नहीं।
और वैसे भी
उसमें पैसा
तेरे बाप का
भी लगा
था।

बोला पर प्रभु
आधे से अधिक

तो मेरा ही
था।

भगवान बोले
पर
बेवकूफ तू भी तो
तेरे बाप का था।

अरे ! अगर उस
मकान में तू भी
तेरी पत्नी को
सुख चैन से
रख लिया है
तेरे बच्चो
को अच्छे संस्कार
दे दिए होते तो
नालायक वही मेरा
मंदिर हो गया होता

बाबा ने ऐसा क्या कह दिया

शहर मे बाबाओं
के खिलाफ रैली
क्या निकली।
बस तभी से जाग गया मेरा
स्त्रीत्व।

और मैं भी बाबा
से मिलने पहुँच
गई जोधपुर
पुलिस थाने।

ज्यों ही बाबा से
इस बार मुलाकात
हुई नजारा कुछ
हर बार से
अलग था।

इस बार उनके
चरण स्पर्श नही
किए अपितु
पैर की
चप्पल निकाल
कर ज्यों
ही उनको
मारने के लिए
उठाई।

वैसे ही स्वामीजी ने
मेरा हाथ पकड़कर
गाल पर तमाचा

जड़ दिया।

बस फिर क्या था
मैंने कहा महाराज
अब तो सुधर जाते
अगर ऐसे भंयकर
दुष्कर्म ना किए होते
तो आज आपकी
ये दशा ना हुई होती

बस आपको हैरत
तो उस बात पर
होगी जो महाराज
ने कहा।
बस उन्होने अपने
शब्द बाणो से उल्टा
हमें ही घायल कर
दिया।

चलिए इस बात से
भी पर्दा उठा देते हैं
आपको हम अपनी
और बाबाजी की
मुलाकात का भी
तनिक दर्शन करा
देते हैं।

बाबाजी बोले तू
मुझे मारती है।
मेरा कसूर तो
बता।

मैने कहा
वाह रे ! अब भी
पूछता है कि तेरा
कसूर क्या था।
अरे ! तूने जो
किया क्या वो सही
था।

तुझे तो इसके बदले
में फाँसी की
सजा मिलनी
चाहिए।

बाबा बोले। बेशक
मुझे फाँसी की
सजा दो।
पर
मेरे ऊपर तो
काम का प्रभाव
था।

अरे ! विश्वामित्र तो
परम तपस्वी
ब्रह्मज्ञानी सन्त थे
परन्तु जब वह
भी मेनका के चक्कर
मे पड़ गए तो
क्या राम ने उन्हें
गुरू का सम्मान नहीं
दिया।

वास्तव मे मुझे

फाँसी की सजा
मिलनी चाहिए
पर

मुझसे पहले
उन औरतों
को फाँसी पर
लटकाओ जो
मेरे पास
आईं।

मैंने कहा कि तू
पागल हो गया है
तेरा काम अभी भी
नही उतरा।

बाबा बोले
गलत क्या कहा मैंने
क्या उन्होंने शास्त्र मर्यादा का उल्लंघन नहीं किया
और स्वयं मेरी आज्ञा का
पालन भी तो नहीं किया।

अरे ! हम स्वयं
भी जब उपदेश देतें
हैं तो क्या यह
नहीं कहते कि
एक महिला को
किसी अन्य पुरुष
चाहे वो स्वयं का

बाप ही क्यों ना हो
के साथ एक कमरे

में रहने का अधिकार
नहीं है।

पति से बढ़कर उसके
लिए देवता नहीं हैं
फिर वो मेरे या
किसी संत के
कमरे में क्यों
आयी।

मानता हूँ कि मैंने
गुनाह किया हैं पर
क्या इस गुनाह की
भागीदार वो
नहीं थी।
अब इस देश की
महिलाएँ ही बता
दें, क्या इस
जुर्म में पुरुष
को दी जाने
वाली सजा
उचित है !

वक्त कहाँ बदला

क्या कहाँ ?
कि वक्त बदल
गया !
क्या ये सच है, कि
वक्त बदल
गया।

पर आज भी तो
मन्दिर मे पाँचो वक्त
आरती और मस्जिदों
पाँचो वक्त की अज़ान
गुरुद्वारे मे लंगर की
आज भी वही शान
चर्च में भी पूजा का
वही विधान है

फिर कैसे कह दिया जनाब कि
वक्त बदल गया।

क्या सूर्य ने पूरब से निकलना छोड़ दिया।
या चाँद ने चाँदनी देने से इन्कार कर दिया।।
क्या नदियों ने सागर से
मुँह फेर लिया
या हिमालय पिघलकर धरती
में धंस गया।।

अरे नही-नहीं-नहीं
तो फिर कैसे कह
दिया जनाब कि
वक्त बदल
गया।

क्या चिड़िया आज घोंसले से
नहीं निकली।
या मुर्गे ने बाँग नहीं दी
क्या कोयल ने आवाज से आज
तुम्हे आकर्षित नहीं
किया।
या मोर का नर्तन तुम्हें
अच्छा नहीं लगा।

अरे नही–नहीं–नहीं, तो कैसे कह दिया
जनाब, कि वक्त बदल
गया !
क्या नदी के जल से
प्यास नहीं बुझी।
या पेड़ो ने छाँव देने
से कर दिया इंकार।।
क्या तारो की छाँव तले
सुकुन नहीं मिला।
या माँ की गोदी मे
नींद नहीं आयी

अरे,......
सरहद से आज भी जब घर
आया था।
माँ ने उससे बस यही कहा था
कि मेरा लाल बहुत दुबला हो
गया है।

उसने कहा कि, माँ दुबला है
दुबला ही सही, पर दुश्मन के लिए
बस इतना ही काफी है।।

क्या कहा? वक्त बदल गया
नहीं बदली माँ की भावना
नही बदले सिपाही के
अरमान।।

तो कैसे कह दिया जनाब
कि वक्त बदल गया

बहन की शादी और मंत्री जी का आगमन

मेरी बहन
की शादी
के भोज
में पधारे
शहर के
एक मंत्री जी

मंत्री जी जब
खाना खाने
लगे
तो
चार गुलाब जामुन
इमरती, मिठाई
दस पूड़ियाँ
देखते ही देखते
चबा गए

जब मैने मंत्री जी
को खाते देखा
तो
रहा नहीं गया
और कहा।

कि मंत्री जी
अभी आपका
स्वास्थ्य ठीक
नहीं है,
अभी-अभी आप
अस्पताल से
आए हैं।

आपको
फल, सूप व हल्का
खाना खाना चाहिए।
अतः
आपके लिए खाने की
व्यवस्था अलग
से की गई
है।

श्रीमान जी
आप चलिए।
मंत्री जी हमारी
बात को सुनकर
भड़के।

और बोले
कि
बेवकूफ लड़की
तू
सिखाएगी
कि मुझे
कब, क्या
कितना
खाना है।

अरे तेरी सात
पुश्तों ने जितना
मिलकर भी
नहीं खाया
उतना तो हम
एक दिन में खा
गए।

महिला के साथ अभद्रता

एक दिन जब
बाजार गई
तो
वहाँ दिखा
एक अचम्भा।

एक महिला और
पुरुष में हो
रही थी
कहासुनी।

सबसे पूछने पर पता चला कि
महिला ने
पुरुष पर लगाया
अभद्रता का
आरोप।

देखते-देखते मामला
थाने में, फिर
कोर्ट में पहुँच गया।
सामने जज बैठे हैं।
एक कटघरे में पुरुष
तो एक में
महिला खड़ी है।

वकील सवालो
की बरसात
कर रहें हैं।

वकील ने पुरुष से
पूछा कि तुम ने

महिला के साथ
अभद्रता का
व्यवहार किया।

पुरुष बोला
नहीं।
वकील झुंझलाया
तो यह महिला क्या
झूठ बोल रही
है।

पुरुष बोला
जी
सरासर झूठ है।
क्योंकि
आप ही बताइए।
की
जिस दौर मे इन्होंने
स्वंय अपने
कपड़े उतार कर
फेंक दिए हों।

इस दौर में
भला
कोई पुरुष
अपने हाथ
क्यों गन्दे
करे।

औरत की मूँछ

मेरे एक मित्र
ने मुझसे कहा
कि
बहन तुम्हारे मूँछें हैं।

मैने कहा हाँ
पर कोई समस्या
है ?

वो बोला नही
असल मे
कोई समस्या तो
नहीं है।
पर
औरत जात के
चेहरे पर मूँछे
अच्छी नहीं लगती

मैने कहा कि
वो तो
सच है
परन्तु जब
से
तुमने मूँछे कटवाना
शूरू किया तो
परेशान होकर
खुदा ने इन्हे
हमारे चेहरे
पर रख
दिया।

और वैसे भी
मूँछे तो तुम्हारी इज्जत
शान का प्रतीक थी
पर
जब तुम ने अपनी
इज्जत नाई के
यहाँ कटवा दी।

तो
हमे रखनी पड़ी
पर
जब से हमने
इन्हें कटवाना
शुरू कर
दिया।

तो किस किस को
कहें कि
ये बच्चे-बच्चे
के आ गयीं।

एक महिला अपनी
सहेली से
बात कर रही थी।
बात ही बात
में उसने कहा।

कि आज के बच्चे
तो
पैदायशी होशियार
होते हैं।
मैंने कहा

कि
होशियार क्यों न हों
आखिर बाप की
मूँछे विरासत में
लेकर जो
पैदा हुए हैं।

भारत स्वच्छ अभियान

मोदी जी का भारत स्वच्छ
अभियान चल रहा
था।
सभी बढ-चढ़ कर
हिस्सा ले रहे
थे

इस अभियान में
हमने भी अपनी
भागीदारी
कम नहीं निभाई।
हमने भी
छोटे-छोटे स्कूली
बच्चों के साथ
शहर मे रैली
निकाली।
सभी बच्चों को
नारे रटवा
दिए।

हाथों में कई बेनर
और झाडू थमा दी

और
देखते - देखते
पूरे शहर में
प्रचार हो गया।

कि स्थानीय विद्यालय
के बच्चे

आज स्वच्छता का
संदेश देंगे।
रैली बारह बजे
दिन में
बस स्टैण्ड पहुँची।
बच्चों ने
हाथ में झाडू ली
और फोटो
खिंचवाए।

विद्यालय के जिम्मेदार
शिक्षकों ने उन्हें
केले बाँटकर
छिलके गाड़ी में
डलवाए।
बड़े-बड़े भाषण हुए।

अखबारो में सूचना प्रकाशित
हुई।
कि बच्चों ने दिया
स्वच्छता का संदेश
वहीं
मैं भी खड़ी- खड़ी
वो दृश्य देख
रही थी।

एक नन्ही बच्ची
से जब पूछा।
कि
आपको सड़क पर
झाडू लगाकर कैसा
लग रहा है।

तो
नन्ही बच्ची ने
कहा कि
यहाँ तो सुबह छह
बजे ही सफाई
मेहतर कर जाते हैं
हमने तो बस
केले खाए थे।

वाह रे हिन्दुस्तान के
शिक्षको।
तुम्हारे हाथ में है
भारत का भविष्य
समझ नहीं आ रहा कि तुम भारत को
स्वच्छ बना रहे हो या गन्दा
कर रहे हो।
अरे ! ना बनाओ तुम
ऐसे पूरे भारत को स्वच्छ।

कम से कम
इन बच्चों
के दिमाग को
स्वच्छ बना दो।

क्योंकि जिस दिन
इनके स्वच्छ दिमाग हो
जाएँगे।
मेरा दावा है कि
उस दिन पूरा
हिन्दुस्तान
स्वच्छ हो
जाएगा।

घर मे औरत की इज्जत

एक दिन
मेरे घर
पर कुछ
सहेलियाँ
आईं।

मैंने उन्हें अन्दर
बिठाया।
और
हम जब बात
कर रहे थे
तभी
पति देव पानी की
ट्रे लेकर आए

मैंने अपनी हैसियत
बताने के लिए
उनसे झुँझलाकर
कहा कि आपको
समझ नहीं आता।

चाय नाश्ता
लेकर क्या तुम्हारा
बाप आएगा।

पति देव बिना कुछ कहे
चुपचाप रसोई
घर में चले
गए।

अब आपको कुछ
और बताती हूँ
सहेली और
मेरे बीच की
बात से पर्दा
उठाती हूँ।

सहेली बोली
वंदना
तुमने ऐसा कौन
सा पुण्य किया है जिससे
तुम्हें ऐसा पति
मिला।

अरे ! कौन सी तपस्या
का ये फल है।
मैंने कहा कि
तपस्या का तो मुझे
पता नहीं पर

जब सुबह मै खाना
बनाती हूँ तो एक
रोटी कुत्ते की, तो
एक गाय की
बनाती हूँ।
और गाय की तो
उसे और कुत्ते की
स्वंय खा लेती
हूँ।

और एक बात और
भी है जिसका ये

फल है कि

मैं अपने
पिताजी के
घर से दस
लाख रुपये
लेकर आई थी।

बस तभी से मैं
वसूल कर रही
हूँ और
वो भरपाई कर
रहा है।

चक्कर

एक दिन स्कूल के मैदान में

मैं भी एक
कुर्सी लगाकर
बैठी हुई थी।

इतने मे एक बच्चा
हवा के झौंके सा
मेरे आस पास
मँडराने लगा।

मैंने कहा
कि
क्या तेरा दिमाग
खराब है मेरे
आस पास चक्कर
क्यों काट रहा
है।

बच्चा बोला।
मैडम जी मेरे
पिताजी ने आज
मुझे यही सिखाया था कि
बेटा जिन्दगी में
चक्कर लगाने
का अभ्यास कर लो।

क्योंकि
जीवन भर व्यक्ति
को चक्कर ही
लगाने पड़ते हैं

जो
लोग थक जाते
है वो
किसी काम के नहीं।

इसीलिए
मैडम पिताजी का
आदेश मान रहा हूँ
आपके आस पास चक्कर लगा रहा हूँ।

मैने कहा ठीक है
कल तुम्हारे
पिताजी से हमारी
मुलाकात करवा
देना।
आगे का मामला हम
स्वंय सुलझा लेंगे।

दूसरे दिन। बच्चे के पिताजी आए
और बोले।
मैडम जी
आपने याद किया?

हमने भी पूरा
हाल सुनाया।
बच्चे को ये
सिखाने का कारण
पूछा।

वो बोले
मैडम जी
पैदा हुआ तब

से लेकर चक्कर
लगा रहा हूँ

कभी माँ के चक्कर
बड़ा हुआ तो स्कूल के चक्कर
पास होने के लिए मंदिर
के चक्कर।

कभी नेता तो कभी
अधिकारियों के चक्कर।
कॉलेज गए तो लड़कियों
के चक्कर
लड़कियो के चक्कर में
बाजार के चक्कर
कभी उनके बाप के चक्कर

और अब वकील और
कोर्ट के चक्कर।
चक्कर चक्कर के
चक्कर में अब तो
घनचक्कर हो गया।

बस इसलिए इसे
करवा रहा हूँ तैयारी
ताकि
मेरी तरह यह
चक्कर खाकर न
गिर पड़े।

हमारे संस्कार और वाह रे इंटरनेट

रोज की तरह
जब
आज भी कक्षा
में गई।
पढ़ाने लगी
समय का महत्व।

लगभग पाठ
आधा समाप्त हो
चुका था।
तभी
एक छात्र कक्षा
में आया।

मैंने कहा कि
आज इतनी
देर से क्यों
आए।
वो बोला
कि मैडम आज
आते समय
रास्ते मे एक
एक्सीडेंट हो
गया था।

बस इसलिए इतनी
देर हो गई।

जब इतना सुना तो
मेरी छाती भी गर्व

से फूल गई।
पीठ थपथपाते
हुए मैने कहा।

वाह। ये है
हिस्दुस्तान का
भविष्य
जिसने अपना
कीमती समय निकालकर
एक दुर्घटना ग्रस्त
व्यक्ति की मदद
की।

और फूली हुई छाती तो
फिर से चिपक
गई।
जब मैंने उससे पूछा
कि अब वो
व्यक्ति कैसा है?
क्या
उसका परिवार अब
उसके साथ है।

उसने कहा
कि मैडम पता नहीं।

मैं अस्पताल तक तो गया
ही नहीं।

फिर हैरानी से
मैने पूछा कि
तो तुमने उसकी

मदद कैसे की।

वो बोला
मै तो उसकी
वीडियो बना
रहा था पूरे
शहर को इस
घटना के बारे
मे बता रहा था।

मैडम वीडियो तो
मैने आपको भी
सेन्ड की है,
अगर अच्छी लगे
तो
लाइक करें शेयर
करें, कमेंट जरूर
कीजिएगा।

www.ingramcontent.com/pod-product-compliance
Ingram Content Group UK Ltd.
Pitfield, Milton Keynes, MK11 3LW, UK
UKHW021311160826
14477UKWH00023B/372

9 788194 093862